Para Mathis y Lilian —A.J.
Para Melinda —B.K.

First Spanish language edition published in the United States and Canada in 2009
by Ediciones Norte-Sur, an imprint of NordSüd Verlag AG, CH-8005 Zürich, Switzerland.
Distributed in the United States by NorthSouth Books Inc., New York 10001.

Library of Congress Cataloging-in-Publication Data is available.
ISBN 978-0-7358-2262-7 (Spanish paperback)
Printed in China
1 3 5 7 9 10 8 6 4 2

www.northsouth.com

Loquillo

POR AURORE JESSET

ILUSTRADO POR BARBARA KORTHUES

TRADUCIDO POR EIDA DE LA VEGA

NorteSur

New York

Dejé a Loquillo en el consultorio del doctor.

Tengo que regresar a recogerlo ¡AHORA MISMO!

Pero mamá dice que es muy tarde.

Dice que puedo recoger a Loquillo mañana.

Mañana es demasiado tarde.

Necesito a mi Loquillo ¡AHORA MISMO!

Mamá dice que esta noche puedo dormir con otro muñeco.

Pero otro muñeco no es lo mismo.

Otro muñeco no es mi Loquillo.

¿Qué pasaría si otro niño encuentra a mi Loquillo?

¿Y si lo tira muy alto por los aires, o le hala
las orejas?
¿Y si se lo lleva a su casa para siempre?

¿Y si tira a Loquillo a la basura?

El camión de basura vendrá ¡y se lo tragará!

¿Y si nadie encuentra a Loquillo?

¿Y si tiene que pasarse toda la noche solo en la oscuridad con los
fantasmas del consultorio del doctor?

Se va a asustar muchísimo.

¡Tengo que ir a salvarlo!

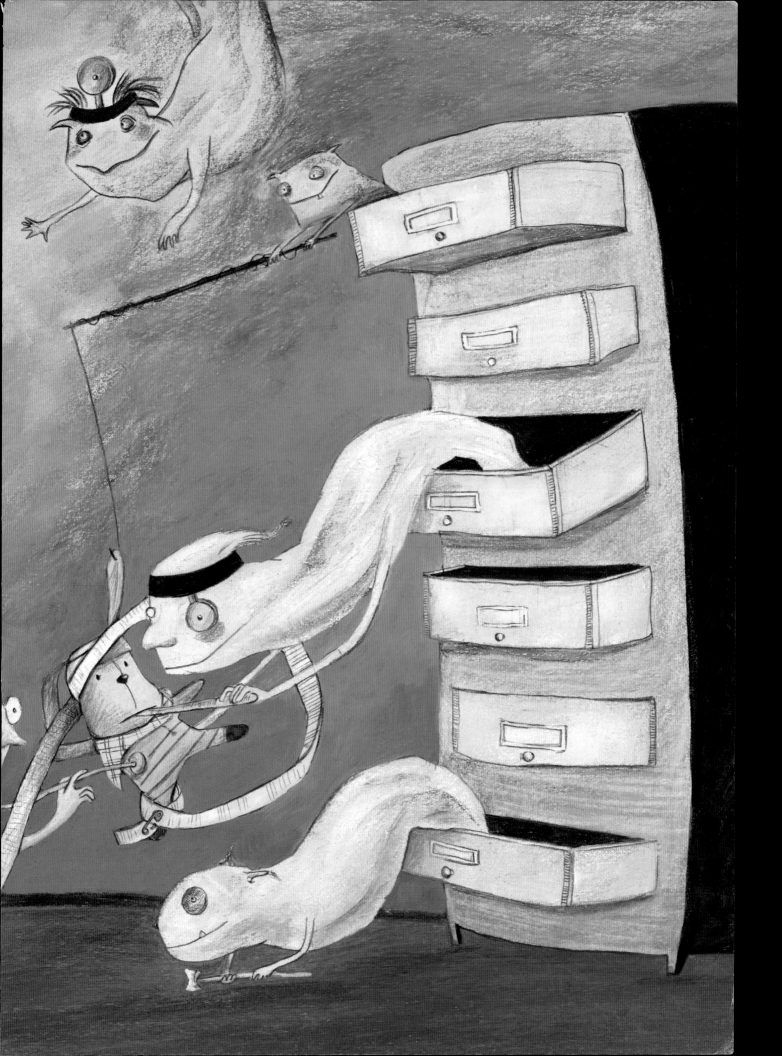

Rescataré a Loquillo
yo solito.

No le diré nada a mamá.

Creo que me sé el camino.

Pero, ¿y si me pierdo?
¿Y si nadie me ayuda?

¿Y si me encuentra un gigante gruñón

y me lleva a un bosque oscuro?

¿Y si me mete en un sótano?

¿Y si hay insectos y arañas?

A los gigantes seguro les gustan los insectos

y las arañas.

¡Es el timbre!

Alguien toca a la puerta.

Veo a alguien a través del cristal.

¡Y trae algo que tiene orejas largas!

¡Es LOQUILLOOOOO!

El doctor lo encontró en la sala de espera.

Enseguida supo que yo necesitaba a mi Loquillo.

¿Tenías miedo, Loquillo?

¡Estaba a punto de ir a rescatarte!

Ahora todo está bien.

¡Ay, Loquillo!
¡Estoy tan contento de tenerte
en casa!